ハッピーロンリーウォーリーソング

桝野浩一

角川文庫 12060

JN285769

消火栓

あしたには消えてる歌であるように冷たい音を響かせていた

短歌　枡野浩一

写真　池田進吾

コンナニモ
フザケタキョウガ
アルイジョウ
ドンナアステモ
アリウルダロウ

こんなにもふざけたきょうがある以上どんなあすでもありうるだろう

マヨナカノ
デンワニデルト
「モウボクヲ
サガサナイデ」ト
ウォーリーノコエ

真夜中の電話に出ると「もうぼくをさがさないで」とウォーリーの声

モウアイヤ
ユメヲチャカシテ
ワラウホド
ヨワクハナイシ
コドモデモナイ

もう愛や夢を茶化して笑うほど弱くはないし子供でもない

「フクザツナ
キモチ」ダナンテ
シンプルデ
チンプデイイネ
キモチガイイネ

「複雑な気持ち」だなんてシンプルで陳腐でいいね　気持ちがいいね

マエムキニ
ナレトイワレテ
マエムキニ
ナレルノナラバ
ナヤミハシナイ

前向きになれと言われて前向きになれるのならば悩みはしない

トリカエシノ
ツカナイコトヲ
シタアトデ
ナオクリカエス
アクムヤユメヤ

とりかえしのつかないことをしたあとでなおくりかえす悪夢や夢や

コロシタイ
ヤツガイルノデ
シバラクハ
モクヒョウノアル
ジンセイデアル

殺したいやつがいるのでしばらくは目標のある人生である

ナニゴトニモ
ムキフムキッテ
モノガアリ
フムキフムキナ
ニンゲンモイル

なにごとにも向き不向きってものがあり不向き不向きな人間もいる

イロイロト
クルシイコトモ
アルケレド
ムナシイコトモ
イロイロトアル

いろいろと苦しいこともあるけれどむなしいこともいろいろとある

ムリシテル
ジブンノムリモ
ジブンダト
オモウジブンモ
ムリスルジブン

ムリシテル
ジブンノムリモ
ジブンダト
オモウジブンモ
ムリスルジブン？

ムリシテル
ジブンノムリモ
ジブンダト
オモウジブンモ
ムリスルジブン！

無理してる自分の無理も自分だと思う自分も無理する自分
無理してる自分の無理も自分だと思う自分も無理する自分？
無理してる自分の無理も自分だと思う自分も無理する自分！

コウテイヲ
ヒツヨウトスル
キミトイテ
ヘイキヘイキガ
クチグセニナル

肯定を必要とする君といて平気平気が口ぐせになる

ホントウノ
コトヲハナセト
セメラレテ
キミノツゴウデ
キマルホントウ

本当のことを話せと責められて君の都合で決まる本当

トリアエズ
ヒキトメテイル
ボクダッテ
トビタイヨウナ
キブンノヨルダ

とりあえずひきとめている僕だって飛びたいような気分の夜だ

カイタン
オリル
ウシロ
ツキト
ナリタ

階段をおりる自分をうしろから突き飛ばしたくなり立ちどまる

クチブエヲ
フケナイヒトガ
フエタノハ
フクヒツヨウガ
ナイカラダロウ

口笛を吹けない人が増えたのは吹く必要がないからだろう

ローソンニ
タリナイモノヲ
ダレヒトリ
オモイダセナイ
ヘイテンジカン

ローソンに足りないものをだれひとり思いだせない閉店時間

ヒツヨウニ
セマラレタノデ
シカタナク
ダイニコウホヲ
ワリキッテカウ

必要にせまられたので仕方なく第二候補をわりきって買う

「ネコカン」ト
「シャクカン」ソレハ
「ユキオンナ」ト
「ユキオトコ」ヨリ
ニテヒナルモノ

「ネコ缶」と「シャケ缶」それは「雪女」と「雪男」より似て非なるもの

ケッカヨリ
カテイカダイジ
「カルピス」ト
「サメテシマッタ
ホットカルピス」

結果より過程が大事　「カルピス」と「冷めてしまったホットカルピス」

フリアゲタ
ニキリロブシハ
ターンママ
フリアゲテオケ
アイテハバーダ

振り上げた握りこぶしはグーのまま振り上げておけ相手はパーだ

ホンネサエ
オウオウニシテ
イジワルニ
カタムキスギテ
ギアクシテイル

本音さえおうおうにして意地悪にかたむきすぎて偽悪している

ツイテナイ
ワケジャナクッテ
ラッキーナ
コトガトクベツ
オコラナイダケ

ついてないわけじゃなくってラッキーなことが特別起こらないだけ

ノーベルショウ
ジュショウテイドデ
ムクワレル
ホドオメデタイ
ブンガクダトハ

ノーベル賞受賞程度でむくわれるほどおめでたい文学だとは

ノモガモシ
セカイノノモニ
ナロウトモ
キミヤワタシノ
テガラデハナイ

野茂がもし世界のNOMOになろうとも君や私の手柄ではない

Melon
堅くて甘い
サンふじ
200
グレープ
230
堅くて甘い
サンふじ
170
完熟
グレープ
フロリダ
グレープ
サンキスト
レモン
170 1袋
キーウイ
フルーツ
100 2個
完熟
New Zealand Kiwifruit
KIWI FR

ユウメイナ
ガカノエダカラ
スバラシイ
ネダンヲシルト
ナオスバラシイ

有名な画家の絵だからすばらしい　値段を知るとなおすばらしい

シジンニハ
ナラナイトイウ
ヤクソクヲ
カワスハタチノ
セイナルギシキ

詩人にはならないという約束を交わす二十歳の聖なる儀式

キヅクトハ
キズツクコトダ
イレズミノ
ゴトクコトバヲ
ムネニキザンデ

気づくとは傷つくことだ　刺青のごとく言葉を胸に刻んで

ハッピージャ
ナイ　ダカラコソ
ハッピーナ
ウタヲツクッテ
クチズサムノダ

ハッピーじゃない　だからこそハッピーな歌をつくって口ずさむのだ

ムダダロウ?
イミナイダロウ?
バカダロウ?
イマサラダロウ
デモヤルンダ

無駄だろう？　意味ないだろう？　馬鹿だろう？　今さらだろう？　でもやるんだよ！

ダレカラモ
アイサレナイト
イウコトノ
ジユウキママヲ
ホコリツツサケ

だれからも愛されないということの自由気ままを誇りつつ咲け

「オメシアガリ
クダサイ」ナンテ
アガッタリ
サガッタリシテ
チョウイソガシイ

「お召し上がり下さい」なんて上がったり下がったりして超いそがしい

チンプダト
イイタイトキハ
「フヘンセイ
アル」トホンヤク
スルノガキメテ

陳腐だと言いたいときは「普遍性ある」と翻訳するのが決め手

ヘイボンナ
イケンノマエニ
イワケヲ
ダメノ
センテ「ヤッパ」

平凡な意見の前に言いわけをしておくための前置詞「やっぱ」

「タトエバ」ト
タトエタモノガ
ホンスジヲ
イッソウワカリ
ニククシテイル。

「たとえば」とたとえたものが本筋をいっそうわかりにくくしている

ケッコンハ
メデタイコトダ
リンジュウハ
カナシイコトダ
マチガエルナヨ

結婚はめでたいことだ　臨終はかなしいことだ　まちがえるなよ

モットモナ
ゴイケンデスガ
ソノコトヲ
アナタサマニハ
イワレタクナイ

もっともなご意見ですがそのことをあなた様には言われたくない

ジョウダンハ
サテオキトイウ
ヒトコトデ
キヅキマシタヨ
ジョウダンデスカ

冗談はさておきという一言で気づきましたよ　冗談ですか

「マ・イッカ?」ト
タシャニタズネル
フリヲシテ
ジモンジトウテ
アキラメテイク

「ま・いっか？」と他者にたずねるふりをして自問自答であきらめていく

ヨンヒャクジ
ブンノマスメヲ
ウメルニモ
タラヌサンビャク
ロクジュウゴニチ

四百字ぶんの枡目をうめるにも足らぬ三百六十五日

オソンソウ
ハカイノセイデ
ウツクシイ
ユウヒナノダト
ワカッテハイル

オゾン層破壊のせいで美しい夕日なのだとわかってはいる

バライロノ
ミライノタメニ
フラスコノ
ナカデウマレタ
ハイイロノバラ

バラ色の未来のためにフラスコの中で生まれた灰色のバラ

タエルノダ
ウォークマンノ
チクデンチ
ケースノフタガ
スグコワレテモ

耐えるのだ　ウォークマンの蓄電池ケースのふたがすぐ壊れても

ヨクマワル
チキュウマワレヨ
ビーメンヲ
ナクシタツケガ
マワッテキテモ

よくまわる地球まわれよ　B面をなくしたツケがまわってきても

ダレダッテ
ホシイヨ　ダケド
ホントウハ
ナイモノナンダ
「ドコデモドア」ハ

だれだって欲しいよ　だけど本当はないものなんだ「どこでもドア」は

ソダチスギタ
「テノリクジラ」ハ
ヒャクエンデ
マクドナルドガ
カウトノウワサ

育ちすぎた「てのりくじら」は百円でマクドナルドが買うとの噂

ブンコバン
「テノリクジラ」ヲ
キヨスクデ
ヌスンデハシレ
カイサツグチヘ！

文庫版「てのりくじら」をキヨスクで盗んで走れ　改札口へ！

キョウハラノ
オトデクシャミヲ
シタイカラ
「ドレミファンクション
ドロップ」ハアオ

きょうはラの音でくしゃみをしたいから「ドレミふぁんくしょんドロップ」は青

カナシミハ
ダレノモノデモ
アリガチデ
アリフレテイテ
オモシロクナイ

かなしみはだれのものでもありがちでありふれていておもしろくない

タニンヘノ
イカリハゼンブ
カナシミニ
カエテジブンデ
イヤシテミセル

他人への怒りは全部かなしみに変えて自分で癒してみせる

「ジャアマタ」ト
エガオデワカレ
ゴビョウゴニ
マガオニモドル
タメノキンニク

「じゃあまた」と笑顔で別れ五秒後に真顔に戻るための筋肉

アクビシテ
ホホニナミダガ
タレタトキ
ナキサケビタイ
ジブンニキヅク

あくびして頬に涙がたれたとき泣き叫びたい自分に気づく

「モウハタチ……
ジカクシナキャ」ト
ハタニ
「シャクシナキャ」ト
ウワルデシク

「もう二十歳……自覚しなきゃ」と言ったのに「自殺しなきゃ」と伝わる電話

ネンレイヲ
シシャゴニュウデ
クリアゲテ
ウレエルヨウナ
バカヲシケイニ

年齢を四捨五入で繰り上げて憂えるような馬鹿を死刑に

バナナテキ
ヒゲキガホシイ
デ　ズノ
コ　ヒート
　ンリョウエテ

ばなな的悲劇が欲しい　デニーズのコーヒーとうに致死量こえて

コノボクヲ
ステルカクゴデ
フライドチキン
ショップノセキヲ
タチアガルキミ

この僕を捨てる覚悟でフライドチキンショップの席を立ち上がる君

アナ
ス
ク
ヨム
ナ

あなたとのレターセックス　書くという前戯は長く読むのは刹那

マイニチノ
ヨウニテガミハ
クルケレド
アナタイガイノ
ヒトカラデアル

マイニチノ
ヨウニメールハ
クルケレド
アナタイガイノ
ヒトカラデアル

マイニチノ
ヨウニデンワハ
クルケレド
アナタイガイノ
ヒトカラデアル

毎日のように手紙は来るけれどあなた以外の人からである
毎日のようにメールは来るけれどあなた以外の人からである
毎日のように電話は来るけれどあなた以外の人からである

「ゲンキデス」
ソウカイテミテ
ムリシテル
ジブンガイヤデ
ツケクワエタ「カ？」

「元気です」そう書いてみて無理してる自分がいやでつけくわえた「か？」

サリゲナ、
キオクニヨレバ
「フリッパーズ
ギター」ハタシカ
ワカレノコトバ

おぼろげな記憶によれば「フリッパーズギター」はたしか別れの言葉

ホントウノ
コトヲイワズニ
スムクライ
マジメナカオデ
ハナシヲシヨウ

本当のことを言わずに済むくらいまじめな顔で話をしよう

カクコトハ
コキュウダダカラ
イツダッテ
タダタダコキュウ
コンナンダッタ

書くことは呼吸だだからいつだってただただ呼吸困難だった

イタイノイタイノ
トンデクヨウニ
イタマナク
ナルマデウタイ
タイイタイウタ

痛いの痛いの飛んでくように痛まなくなるまで歌いたい痛い歌

ドッチミチ
ドノミチドウセ
ケッキョクハ
トドノツマリハ
ショセンヤッパリ

どっち道どの道どうせ結局はとどのつまりは所詮やっぱり

ネガエリヲ
ウツタビミギノ
ハナミズハ
ヒダリヘ（セカイノ
ヘイワノヨウニ）

寝返りをうつたび右の鼻水は左へ（世界の平和のように）

カミサマハ
イルトオモウヨ
ジョウダンガ
スキナモテナイ
ヤツダロウケド

神様はいると思うよ　冗談が好きなモテないやつだろうけど

ソロセイヲ
モットモラシイ
カイシャクヲ
ニンゲンドモニ
イジラセテオケ

創世のもっともらしい解釈を人間どもにいじらせておけ

コネンゴニ
シカエシサレテ
コロサレル
カクゴガアレバ
イジメテモヨイ

五年後に仕返しされて殺される覚悟があればいじめてもよい

トオザカル
カミヒコーキノ
コウセキヲ
ナゾルガゴトク
トビオリタキミ

遠ざかる紙ヒコーキの航跡をなぞるがごとく飛びおりた君

クガラン
ヤマガ
ヤン
ツリ
トナルマデ

僕からの手紙の山が芽を生やしレターツリーの森となるまで

ミズワリヲ
カミデスイアゲ
ヒトミカラ
ジョウハツサセテ
ワスレテシマエ

水割りを髪で吸い上げ瞳から蒸発させて忘れてしまえ

ストローノ
ヌタロミタイニ
ケイハクナ
オレノクショウガ
カゼニコロガル

ストローの袋みたいに軽薄な俺の苦笑が風に転がる

セイキマツ
ホ[illegible]シキオリカラ
クレグレモ
ホホエミビョウナド
メサレヌヨウニ

世紀末厳しき折からくれぐれもほほえみ病など召されぬように

リュウコウガ
オワルコロニハ
シンサクノ
ハッピョウガアル
セカイノビョウキ

流行が終わるころには新作の発表がある世界の病気

ビーアンノ
カオニキメタラ
エーアント
シーアンハモウ
ツギノオキャクヘ

B案の顔に決めたらA案とC案はもう次のお客へ

ソシテマタ
マリンスノーハ
リュウグウノ
タロウヲネムラセ
タロウノヤネニ

そしてまたマリンスノーは龍宮の太郎を眠らせ太郎の屋根に

「レモネード
レイン」トヨベバ
サンセイウ
スラモシズカニ
ジョジョウシテイク

「レモネードレイン」と呼べば酸性雨すらも静かに叙情していく

「変造テレホンカード」を購入し使用すると、
【偽造有価証券行使罪】で処罰されます。
「変造テレカ」を、
買わない！
使わない！
NTT東日本
はり札厳禁
この電話ボックスに通話以外の目的で許可なく立ち入り落書等で汚したり、ビラ、チラシ等のはり札をし、置くことを禁止します。
東日本電信電話株式会社
東京支店
国際電話が、
国際電話専用カードでかけられます。
International Telephone Call

アカチャンノ
ウチニテソウノ
キョウセイヲ
スルノニツカウ
ギンセイノカタ

赤ちゃんのうちに手相の矯正をするのにつかう銀製の型

サマザマナ
セツガトビカウ
クチブエヲ
フケナイヒトガ
フエタリユウハ

さまざまな説が飛び交う　口笛を吹けない人が増えた理由は

オモイデヲ
ツクッテオコウ
ネタキリノ
ロウゴニユメヲ
ミラレルヨウニ

思い出をつくっておこう　寝たきりの老後に夢をみられるように

セミクライ
オオキナコエデ
ナケタナラ
モラトリアムガ
ナガカッタナラ

セミくらい大きな声で鳴けたなら　モラトリアムが長かったなら

ビクビクト
クウナチクショウ
ゴミオキバ
ナンカジャ

ビクビクと食うな畜生　ゴミ置き場なんかジャンジャン散らかして食え

クツシタノ
タルミヲナオス
コウリョウデ
オレヲコウテイ
シタイヒモアル

靴下のたるみをなおす要領で俺を肯定したい日もある

ワラワナイ
ハハヲミマイニ
イクタメノ
シュウバスヲマツ
アニトイモウト

笑わない母を見舞いに行くための終バスを待つ兄と妹

ヒサビサニ
ユメヲタクサン
ミタノデショウキ

三日ほど風邪で寝こんで久々に夢をたくさんみたので正気

キズグチヲ
ナメアオウヨト
チカヅイテ
「ナオッタカラ」ト
コバマレテイル

傷口をなめ合おうよと近づいて「なおったから」と拒まれている

タメイキヲ
フカクフカクフ
カクフカク……
ツイテソノママ
エイミンシタイ

ため息を深く深く深く深く……ついてそのまま永眠したい

シャブルノヲ
ヤメテハボクガ
ドンナカオ
シテイルノカヲ
タシカメルキミ

しゃぶるのをやめては僕がどんな顔しているのかを確かめる君

シャンプーノ
ヨウキニイレタ
ケツエキヲ
トバシテワラウ
アソビハキンシ

シャンプーの容器に入れた血液を飛ばして笑う遊びは禁止

コノホシデ
エイズニカカッテ
イナイノハ
アナタヒトリダ
コトクデショウネ

この星でエイズにかかっていないのはあなた一人だ　孤独でしょうね

ユウキイニ
ナリタイガユエ
イマイチド
ツミヲカサネル
ゴトキクチヅケ

有罪になりたいがゆえ今いちど罪を重ねるごとき口づけ

ゼツリンノ
ハイセクシャルニ
ヘンシンシ
ゼンジンルイト
アイシアイタイ

絶倫のバイセクシャルに変身し全人類と愛し合いたい

バイバイト
ナクドウブツガ
アフリカノ
サバクデサクヤ
ハッケンサレタ

バイバイと鳴く動物がアフリカの砂漠で昨夜発見された

こんなにもふざけたきょうがある以上どんなあすでもありうるだろう　6
真夜中の電話に出ると「もうぼくをさがさないで」とウォーリーの声　8
もう愛や夢を茶化して笑うほど弱くはないし子供でもない　10
「複雑な気持ち」だなんてシンプルで陳腐でいいね 気持ちがいいね　12
前向きになれと言われて前向きになれるのならば悩みはしない　14
とりかえしのつかないことをしたあとでなおくりかえす悪夢や夢や　16
殺したいやつがいるのでしばらくは目標のある人生である　18
なにごとにも向き不向きってものがあり不向き不向きな人間もいる　20
いろいろと苦しいこともあるけれどむなしいこともいろいろとある　22
無理してる自分の無理も自分だと思う自分も無理する自分　24
無理してる自分の無理も自分だと思う自分も無理する自分？　24
無理してる自分の無理も自分だと思う自分も無理する自分！　24
肯定を必要とする君といて平気平気が口ぐせになる　26
本当のことを話せと責められて君の都合で決まる本当　28
とりあえずひきとめている僕だって飛びたいような気分の夜だ　30
階段をおりる自分をうしろから突き飛ばしたくなり立ちどまる　32
口笛を吹けない人が増えたのは吹く必要がないからだろう　34
ローソンに足りないものをだれひとり思いだせない閉店時間　36
必要にせまられたので仕方なく第二候補をわりきって買う　38
「ネコ缶」と「シャケ缶」それは「雪女」と「雪男」より似て非なるもの　40
結果より過程が大事「カルピス」と「冷めてしまったホットカルピス」　42
振り上げた握りこぶしはグーのまま振り上げておけ相手はパーだ　44
本音さえおうおうにして意地悪にかたむきすぎて偽悪している　46
ついてないわけじゃなくってラッキーなことが特別起こらないだけ　48
ノーベル賞受賞程度でむくわれるほどおめでたい文学だとは　50
野茂がもし世界のNOMOになろうとも君や私の手柄ではない　52
有名な画家の絵だからすばらしい 値段を知るとなおすばらしい　54
詩人にはならないという約束を交わす二十歳の聖なる儀式　56
気づくとは傷つくことだ 刺青のごとく言葉を胸に刻んで　58
ハッピーじゃない だからこそハッピーな歌をつくって口ずさむのだ　60
無駄だろう？ 意味ないだろう？ 馬鹿だろう？ 今さらだろう？ でもやるんだよ！　62
だれからも愛されないということの自由気ままを誇りつつ咲け　64
「お召し上がり下さい」なんて上がったり下がったりして超いそがしい　66
陳腐だと言いたいときは「普遍性ある」と翻訳するのが決め手　68
平凡な意見の前に言いわけをしておくための前置詞「やっぱ」　70
「たとえば」とたとえたものが本筋をいっそうわかりにくくしている　72
結婚はめでたいことだ 臨終はかなしいことだ まちがえるなよ　74
もっともなご意見ですがそのことをあなた様には言われたくない　76
冗談はさておきという一言で気づきましたよ 冗談ですか　78
「ま・いっか？」と他者にたずねるふりをして自問自答であきらめていく　80
四百字ぶんの枡目をうめるにも足らぬ三百六十五日　82
オゾン層破壊のせいで美しい夕日なのだとわかってはいる　84
バラ色の未来のためにフラスコの中で生まれた灰色のバラ　86
耐えるのだ ウォークマンの蓄電池ケースのふたがすぐ壊れても　88
よくまわる地球まわれよ B面をなくしたツケがまわってきても　90
だれだって欲しいよ だけど本当はないものなんだ「どこでもドア」は　92
育ちすぎた「てのりくじら」は百円でマクドナルドが買うとの噂　94
文庫版「てのりくじら」をキヨスクで盗んで走れ 改札口へ！　96
（以上、枡野浩一短歌集I『てのりくじら』収録作を再構成）

きょうはラの音でくしゃみをしたいから「ドレミふぁんくしょんドロップ」は青　98
かなしみはだれのものでもありがちでありふれていておもしろくない　100
他人への怒りは全部かなしみに変えて自分で癒してみせる　102
「じゃあまた」と笑顔で別れ五秒後に真顔に戻るための筋肉　104
あくびして頬に涙がたれたとき泣き叫びたい自分に気づく　106
「もう二十歳……自覚しなきゃ」と言ったのに「自殺しなきゃ」と伝わる電話　108
年齢を四捨五入で繰り上げて憂えるような馬鹿を死刑に　110
ばななな的悲劇が欲しい デニーズのコーヒーとうに致死量こえて　112
この僕を捨てる覚悟でフライドチキンショップの席を立ち上がる君　114
あなたとのレターセックス 書くという前戯は長く読むのは刹那　116
毎日のように手紙は来るけれどあなた以外の人からである　118
毎日のようにメールは来るけれどあなた以外の人からである　118
毎日のように電話は来るけれどあなた以外の人からである　118
「元気です」そう書いてみて無理してる自分がいやでつけくわえた「か?」　120
おぼろげな記憶によれば「フリッパーズギター」はたしか別れの言葉　122
本当のことを言わずに済むくらいまじめな顔で話をしよう　124
書くことは呼吸だだからいつだってただただ呼吸困難だった　126
痛いの痛いの飛んでくように痛まなくなるまで歌いたい痛い歌　128
どっち道どの道どうせ結局はとどのつまりは所詮やっぱり　130
寝返りをうつたび右の鼻水は左へ(世界の平和のように)　132
神様はいると思うよ 冗談が好きなモテないやつだろうけど　134
創世のもっともらしい解釈を人間どもにいじらせておけ　136
五年後に仕返しされて殺される覚悟があればいじめてもよい　138
遠ざかる紙ヒコーキの航跡をなぞるがごとく飛びおりた君　140
僕からの手紙の山が芽を生やしレターツリーの森となるまで　142
水割りを髪で吸い上げ瞳から蒸発させて忘れてしまえ　144
ストローの袋みたいに軽薄な俺の苦笑が風に転がる　146
世紀末厳しき折からくれぐれもほほえみ病など召されぬように　148
流行が終わるころには新作の発表がある世界の病気　150
B案の顔に決めたらA案とC案はもう次のお客へ　152
そしてまたマリンスノーは龍宮の太郎を眠らせ太郎の屋根に　154
「レモネードレイン」と呼べば酸性雨すらも静かに叙情していく　156
赤ちゃんのうちに手相の矯正をするのにつかう銀製の型　158
さまざまな説が飛び交う 口笛を吹けない人が増えた理由は　160
思い出をつくっておこう 寝たきりの老後に夢をみられるように　162
セミくらい大きな声で鳴けたなら モラトリアムが長かったなら　164
ピクピクと食うな畜生 ゴミ置き場なんかジャンジャン散らかして食え　166
靴下のたるみをなおす要領で俺を肯定したい日もある　168
笑わない母を見舞いに行くための終バスを待つ兄と妹　170
三日ほど風邪で寝こんで久々に夢をたくさんみたので正気　172
傷口をなめ合おうよと近づいて「なおったから」と拒まれている　174
ため息を深く深く深く深く……ついてそのまま永眠したい　176
しゃぶるのをやめては僕がどんな顔しているのかを確かめる君　178
シャンプーの容器に入れた血液を飛ばして笑う遊びは禁止　180
この星でエイズにかかっていないのはあなた一人だ 孤独でしょうね　182
有罪になりたいがゆえ今いちど罪を重ねるごとき口づけ　184
絶倫のバイセクシャルに変身し全人類と愛し合いたい　186
バイバイと鳴く動物がアフリカの砂漠で昨夜発見された　188
(以上、枡野浩一短歌集II『ドレミふぁんくしょんドロップ』収録作を再構成)
*
あしたには消えてる歌であるように冷たい音を響かせていた　3
(以上、本書のための新作)

本書は、一九九七年九月二十三日に実業之日本社から二冊同時発売された、
●枡野浩一短歌集Ⅰ『てのりくじら』絵＝オカザキマリ　デザイン＝義江邦夫
●枡野浩一短歌集Ⅱ『ドレミふぁんくしょんドロップ』絵＝オカザキマリ　デザイン＝義江邦夫
の収録短歌を一冊にまとめて再構成し、新たなタイトルをつけて文庫化したものです。

＊

上下巻の短歌絵本として構想された『てのりくじら』『ドレミふぁんくしょんドロップ』は、オカザキマリ・義江邦夫・枡野浩一でつくった「共著」であり、いっさいがっさいどこも動かしたくないくらいの愛着があります。あえて一人になってみたかった文庫版『ハッピーロンリーウォーリーソング』と、読みくらべていただけると幸せです。

＊

だけど結局やっぱり一人では生きていけなくて、今もっとも気になるデザイナー、池田進吾さんのお力を借りました。「字だけの短歌集」になる予定だったのが、こんな豪華なことに……ありがとうございました。そのほか角川文庫編集部の五百田達成さん、漫画家の南Q太さんをはじめ、たくさんの皆様にお世話になりました。

とりわけ、インターネット上の「ほぼ日刊イトイ新聞」(http://www.1101.com)で、これらの歌をほぼ毎日ひとつずつ「連載」させてくださった糸井重里さんに深謝します。

ちなみに連載時のタイトルは『あしたには消えてる歌。』というものでした。たしかに私の歌に登場するウォーリーやフリッパーズギターやウォークマンが消えてしまう日はけっこう近いのかもしれませんが、あんがい遠いのかもしれないと思う日もあります。さしあたっては野茂投手の活躍を祈っています。

もちろん私が祈ることではないんでしょうが、それでも祈りたくなることってあるんです。

二〇〇一年　夏　枡野浩一

ハッピーロンリーウォーリーソング

枡《ます》野《の》浩一《こういち》

角川文庫 12060

平成十三年七月二十五日　初版発行

発行者――角川歴彦

発行所――株式会社角川書店

東京都千代田区富士見二―十三―三

電話　編集部（〇三）三二三八―八五五五

営業部（〇三）三二三八―八五二一

〒一〇二―八一七七

振替〇〇一三〇―九―一九五二〇八

印刷・製本――e―Bookマニュファクチュアリング

装幀者――杉浦康平

ま 21-1　ISBN4-04-359401-1　C0192